無刻塔
mukokuto

門田照子

竹林館

方言詩集

無刻塔

目次

I

Ⅱ

表紙画　木村彌一

――亡夫　保慶に

無刻塔

I

生還したけんど

戦前のちいおい《小叔父》ちゃんは
オルガンを弾いたりうっしい《美しい》絵を描いたり
いさぎい《元気のいい》　やしゃしい《優しい》わけい衆じゃった《若者だった》

ちいおいちゃんに赤紙の来たんは
高等学校卒業の春んこと
前の年におおおい《大叔父》ちゃんも出征しちょっち
おじい《祖父》もおばあ《祖母》も　そとづら《外面》はしゃっとしち《気丈にして》
日の丸振っち見送ったけんど
うち《家》じゃ　ずつねぇ《情けない》ことじゃぁち

お国のために死んだりしちゃいけん
頼むきぃ還っちきちくりぃち《還ってきておくれと》涙しよった

ちいおいちゃんは行った先々ん戦地から
枯葉色の風景をスケッチしち葉書をくれた
辺りいちめん荒涼としち　さみい《寒い》景色じゃった
いつでん「元気です」ち一言書いちょった
「憲兵になりました」ち一行の知らせもきた
やんがち《やがて》　そげん絵葉書のこんご《来なく》となっち
昭和二十年八月十五日　日本は戦《いくさ》に負けた

空襲におう《遭》ち　なんもねぇ《何も無い》焼け跡に
内地に居《お》った　おおおいちゃんが復員しちきち
昭和二十一年には　ちいおいちゃんも
中国から還っちきた

色の浅黒い逞しいおとこ衆《男性》になっちょっち
リュックにいっぺーこっぺー《山盛りいっぱい》の
毛布や軍服や外套やら毛糸の下着や靴まんで
大けな荷物をかろう《背負う》ち戻っちきたんじゃ

おじいもおばあも　とうてん《大層》喜んで
焼け跡に掘っ立て小屋を建てち
せちい《苦しい》いのちき《生活》も希望《ねがい》だけは明るう灯《とぼ》しちょった

けんど　ちいおいちゃんは　まえ《以前》とは違うごたる《ような》
人間になっち　いつでんぼやっとしちょっち
つくねんと《淋しそうに》　よだきいふう《おっくうな様子》じゃった

働き先も続かん
家にもおりおうて《落ち着いて》おれん

とっとひょーろくだま《まるで掴みどころのない男》になっち
三十になってん　四十になってん
嫁ごも貰わんじゃった
息子の消息を案じて気に病んじょった
おじいの　とっとんきわ《最期の時》にも間に合わん
何処やら彼処やら放浪のあげくんさんぱち《挙句の果て》
大阪のドヤ街で死んでしもうたんじゃ
独りもんのまんま　五十三歳じゃった

生きるか死ぬるかの戦場で　なん《何》があったんか
どげぇして復員してきたんか

とうとう何一ついわんずく《言わないまま》
あっちどりさい《あちら側に》持っち去《い》んだんじゃ

今年三十三回忌をしたんじゃけんど
口に出すとむげねぇ《哀れで》せちぃことん丈で《辛いことばかりで》
だぁれも　ちいおいちゃんの話はせん
あん時代を通り過ぎちきた年寄りは
胸ん内になまかた《少々ある程度》は戦《いくさ》の傷負うちょっち
死ぬるまんで言われんことも有るんじゃなぁ

一人《ひとり》ひとりの私《うっ》たち

いくさ《戦争》は好《すう》かん
二十一世紀は平和がええ《良い》ち
そりゃ誰でん分かっちょるけんど
どげ《どう》したら良《え》えんじゃろうかいなぁ

ＩＴ革命じゃ　遺伝子組換えじゃぁち
科学ん進歩しち　文明の発達しち
ブランドじゃ　グルメじゃぁち
私たちのいのちきん《生活が》　とっと《とても》贅沢になってん
人ん心はなんぼ《どれ程》も変わらん

まちっと《もう少し》　まちっと　ち　よくづら《欲張り》になっち
目先んことに溺れち　てれっとしちょったら《ぼんやりしていたら》
直《じき》にこしきい《狡い》奴につけ入られち
元も子も失《の》うならかすんじゃなかろうか

せちい《辛い》あん頃を知《ち》っちょる私たちが
二十世紀のしかともねえ《つまらない》歴史を忘れんごと
空襲　疎開　原爆　敗戦なんどのずつねえ《情けない》話を
孫やら曾孫《ひいまご》に言うち聞かせるんは
とうてんでいじ《大事》なことじゃぁち思うちょるんよ

平らで和やかな　いのちき《生活》するには
一人ひとりが　よそんし《他所の人》に優しゅうなることじゃ
隣んしゅう《人たち》　隣ん町や村　隣ん市　隣ん県
そいから《それから》隣ん国んしゅう《くにの人たち》

何処ん国の人でん載《の》さった命は一っつきり
誰にでん親があっち　子や孫があっち
夢やら願いやらを　でいじこうじしちょる《とっても大事にしている》んじゃ
二十一世紀は隣んし《人》と仲良う折り合うち
いくさ《戦争》だけは無《ね》えごとしたいもんじゃなぁ

夢のあとさき

何が怖《おと》ろしいち言うてん
此ん世の空気ん汚れが一番の問題じゃ

たった今しがた生まれた赤子
金髪茶髪のひょろ《痩せた》な男ん子
化粧のいびらしい《汚く見える》顔黒《がんくろ》んおなごん《女の》子
休みはゴルフかゴロ寝の働き盛りんおとこ《男性》衆《たち》
肥え太っちカルチャー通いに満艦飾んおなご《女性》衆《たち》
ゲートボールと病院行きが生き甲斐ん爺さま
腰のひん曲がっち手押し車で買物ん《の》婆さま
唯一人として空気吸わん衆《人》は居らんじゃろ

大橋じゃ高速道路じゃぁち道普請の丈《ばかり》しち
消費拡大じゃの景気回復じゃの
なんぼおらびたくってん《何程叫んでみても》　すもつくれん《つまらない》
ごみすぼ《塵芥》も自動車もいみっち《増えて》
リサイクルじゃ　エコロジーじゃ言うてん
とっと《とても》追いつかん

どうにもしとめん《仕様もない》此ん先
空気を買わにゃ　いのちき《生活》されんごとなっち
酸素ボンベかたいで《担いで》行列せにゃでけん《いけない》
そげぇなったら　もう長生きはされんなぁ
ひょっとして空気買いそぼくったら《損なったら》
直《じき》にいけんごと《死ぬことに》なるんじゃよなぁ
怖《おと》ろしいこっちゃ

二十一世紀の紐

詰め替え用エアの売出し日は大ごとじゃ
お一人さま一個限りじゃきぃ
家族総出で行列さい並ぶ
スーパーを取り囲んじょる衆は
誰でん彼でん鼻から管下げち
ボンベを背負《かろ》うちょる衆もおれば
アクセサリーのごと肩に掛けちょるおなご衆《たち》
年寄りは手押し車にしち曳いちょる
空気は超濃縮の小型軽量容器ほど高値じゃ

何とやら大橋じゃ　高速道路じゃぁち
立派な車道のでけちょる《出来ている》けんど
自動車は蛞蝓《なめくじ》みたようにしか動かん
青空なんぞ見られんごとなっち
遥かな山どころか直き隣も霞んじょる
この世の中は　ぼやっとおぼろじゃ

緑じゃ　自然じゃ　故郷じゃぁち
健康食品の流行っち
ペットボトルの名水買うて飲んだり
何処そこの新米取り寄せたり
グルメになっち　うんめぇもん《美味しい物》のじょう《丈》食べち
男も女《おなご》も肥え太っち　人ん寿命のとうてん《大層》延びち
八十まんでも長生きしたんは二十世紀の夢の泡
弾けてしもうた昔ん話じゃ

二酸化炭素にダイオキシン　ＰＭ２・５
時にはサリンやら塩化水素やら撒かれち
呼吸のされんごとなっち
息するに金ん掛かる時代の来ち
普通の空気を買わにゃぁならん
長生きのしたい人間は　贅沢は敵じゃぁち
質素倹約　粗衣粗食　つましゅう《節約して》清貧を心がけんと
稼ぎはあらましエアとなっち
とっとんなかま《少しの間》に消えちのう《失》なるんじゃ

酸素ボンベの紐なしには　いのちき《生活》されんきぃ
人生はまた五十年じゃぁち
いいえなこと　言うても済まんけんど
そげには《そんなには》生きられんのじゃねぇかぃのう

葭の髄から

うっしい《美しい》海の色　見ろうち《みたいなら》
洗濯はされん
うんめえ《美味しい》空気　吸おうち《すいたいなら》
自動車は乗られん
生ごみは穴掘いじ埋けにゃでけん
ごみすぼ《塵屑》は灰にして失《の》うならかさにゃならん
けんど家内《やうち》にゃ
燃やしもされん　しかとも《仕様も》無《ね》い物《もの》ん丈《じょう》じゃ
うちは墓場も持たんきぃ土さいも帰られん

テレビの中にゃ
環境にやしゃしいごたる《優しいような》合成洗剤ん
世の中真っ白うに洗い上げち　くれよる
一刻も早よ　スピードじゃぁち
せわしい《忙しい》自動車んどっとん《どんどん》　とびよる《走っている》

黄砂も降りゃ
光化学スモッグ注意報なんち出されてん
息せんじゃ居られん
いま生きちょる衆《人たち》は　おおかた
どげぇ企《よだ》ってん
この先ん百年経ちゃ
誰ぁれん居らんごとなるんじゃ
地球の一つや二つ
ばちあげてん《叩きのめしても》　ぴっしゃげてん《押し潰しても》

天にゃ他に　いっぺいこっぺい《もの凄く沢山の》星ん輝《ひか》りよる
後は　どげぇなってん知ったこっちゃ無《ね》いち
この頃すったりん《全然駄目な》　うちは
すもつくれん《つまらない》こと思うちょるんじゃよ

花のいのち

ばされ《法外》いな長寿国日本
超高齢化社会になっちしもうち
消費税を値上げしち
福祉国家になるんじゃそうな
けんど　平均寿命の長うなるんも
明治・大正生まれん衆の《の人たちの》
生きちょるなか《間》まだけじゃねぇかいのう
ヒヨロ《細い人》とヤワ《弱い人》の人間のじょう《丈》の
昭和・平成生まれん衆が長生きしきるじゃろうか

この頃　ぽくっとのうなる《亡く》
小説家やら役者やら
昭和一桁ん衆の多いこと
太り盛りん子供ん頃に栄養の足りんじ《たりないで》
五体の部品のおろいいんじゃそうな《粗末なんだ》

ふんなら《それならば》　なんでん有り余っちょる
昭和二桁生まれと平成生まれの衆は
とうてん《とっても》長生きするんじゃろうか
便利な機械やら道具に囲まれち
自家用車に乗っち　グルメしち
横並びの贅沢病じゃ

ロックに狂うちょる　わけぇ衆《若者》
野球じゃサッカーじゃぁち

舞い上がっち遊びぼうでちょる《呆けている》
おなご衆におとこ衆
こて《固》まったエネルギーは
どっちどりでん《どちら側にでも》向き易いもんじゃわ

平和憲法改悪やら　核実験やら
よだつ 衆《企てる人たちに》をほたっちょいたら《無関心でいたら》
いつのなかま《間》にか戦《いくさ》んてご《手伝い》させられち
大事な花のいのち
の《失》うならかす日の来るんじゃなかろうか
そん時ぁ　たったの一発じ《で》
日本中　終《しま》えるんじゃろうけんどなぁ

おきみやげ

おかぁさま《姑》が　あっちどりさい《あちら側へ》行かれち
うち《私》は　せいせい胸の透くはずじゃった

堪え合うち　労り合うち
世間体繕ういのちき《生活》は億劫なことんじょう《事丈》で
おろいい《良くない》嫁《よめご》ち言われるんが
怖《お》じかったもんじゃきぃ
めいっぱい《可能な限り》　つくりたて《拵えて》ち諂《へつろ》うちょった
やしゃしい《優しい》嫁も　気の付くおなご《女》も
うちのこしきい《狡賢い》計算じゃった

いまに見なさい
嫁は姑に似るもんじゃ
ほげちょる《開いている》穴ん数は同じじゃきい
みんな細うなっち
喉ん詰まるんまでそっくりになるんじゃぁち
何べん聞かされてん
おかぁさまより四十五も若かったうちは
そげぇなことは信じられんじゃった
目の薄いんも　耳の遠いんも
ふ《運》が悪かったんじゃぁち思うちょった
けんど　亡《の》うなられて三十年
この頃うちは
とっと《とても》　おかぁさまに似ちきたごたぁる

呆《物忘れする》おずるごとなっち　てはつかん《どうにもならない》
一日中老眼鏡は探すし
入れ歯まで何処さいか　のうなら《失って》かしち
くしゃみも鼻水も　よう出る
肩やら腰やら　だる《疲れる》ばっかりじ《で》
膚は柔らしゅうなっち　すぐかぶれる
年寄りん気色の　よう解るごとなっち
今なら　ええ《良い》よめ《嫁》ごになれるじゃろうになぁ

せちい《辛い》ことも　ずつねい《情けない》ことも
おなごの業さっぱり《すべて》脱ぎ捨てち死んで行かれち
うちはとっと《まるで》引き継がされちしもうた《仕舞った》んじゃ
やっぱ　うちも
置いて行かな出けんのじゃろうか《逝かなければならないのだろうか》
おなごん肚ん中さい棲んじょる根性腐れ《意地の悪い》の鬼一匹

大けな　しゃびしい《淋しい》この荷物

物忘れ

とうてん《とっても》　ぼうずる《物忘れする》ごとなっち
人ん名前の憶えられん
今聞いた話じゃに《なのに》思い出されん
きにょう《昨日》なおした《収納》物の置き場所ん分からん
そのうち　なんもかんも《何もかも》忘れち
昔のことなんぞ
すったり《さっぱり》思い出しもせんごとなるんじゃろうか

いいえなこと
空襲も疎開も食糧難も

せちい《辛い》いくさ《戦争》んこつ《のこと》は
とおしい《いつも》憶えちょるんじゃ
怖《お》じかった焼夷弾の音も炎《ひ》の色も
焼け跡んひもじいいのちき《生活》
死んだ若え衆《し》ん　たった一つん命のずつなさ《情けなさ》
生きられんじゃった　あん衆たちの
齢ん数つないじ《で》
千年でん万年でん
忘れられやせんのじゃ

五十年前なんち
とっと《まるで》最前《今さっき》がたと同《おんな》じなんじゃよ

立錐の余地

達者で長生きがええち
でいじこうじ《大層大事に》
お金払うち気ぃ付けち
ひょっとして　とうてん《たいへんに》長生きしち
うちが百二十歳になったら
息子は九十代
孫が七十歳にもなっち
ひい孫は四十代
ひいひい孫にひい　ひい　ひい
家内《やうち》も町も日本全国　とつけむねえ《途方もなく多ぃ》

どげぇなるんじゃろうか
やっぱ丁度んあんばい《塩梅》に
頃合い見んといけんなぁ
長生きするんも　やおねぇ《難しい》けんど
手際ように
へいさよなら　ち言うんは
よろけ《弱い者》にゃ　でけん
おとろしい《たいそうな》難行苦行じゃ

火炎忌

福岡大空襲におう《遭》たんは
昭和二十年六月十九日の晩
うちは国民学校四年生じゃった
低空飛行しち来たＢ29の腹から焼夷弾の
いっぺーこっぺー《もの凄く沢山》降り落ちてきち
人の住んじょる街　うったちのいのちきん《私たちの生活の》上さい
どっとん《どんどん》どっとん火ぃ噴くんじゃ

灯火管制　防火用水　砂袋　鳶口　火叩き
少国民の銃後の守りなんち　けぇつまらん《全然駄目》

うちは防空壕を這い出しち
風下ん方さい逃ぐるんじゃけんど
怒鳴り声　おらび《叫び》声　泣き声　悲鳴のなか《間》まを
家族さい《に》はぐれ《逸れ》ち　てはつかん《どうにもならない》
大勢の衆の後から火の粉にまみれち
樋井川下流の橋ん下さいほらくり《転がり》込んだんじゃ

赤爛れた空からん轟音はひっきりなし
油脂焼夷弾は川ん面をめらめらっちほうちきち《這ってきて》
悪魔ん翼に追われち　人群れん修羅場じゃった
「南無妙法蓮華経」
「黙っちょれ！　非国民」
「助けち　おくれませ」
「せからしい《うるさい》！　ぼやすけ《馬鹿者》が！」
年寄りん喚き　赤児ん泣いち　嗤うおなご《女》もおっち《居て》

いんねん《文句やら》こうじょう《苦情を》言《い》うてん　どうにもしとめん《出来ない》
おじい《怖い》ずつねい《情けない》橋ん下は　やんがち静もる

いつもと違わん陽の上っち　晴れた朝っぱら
焦げ臭せぇ町並みの中を家さい飛んじ《走って》帰ったんじゃ
けんど　うちん家はのう《無く》なっちょった
とっと《まるで》辺り一めん見通しのええ瓦礫の原じゃ
風呂屋ん煙突一本　天に刺さっちょっち
黒焦げん丸太になっちしもうた
K子ちゃんのおかさん《母》
ぼろ雑巾のごたぁる《ように》火傷しち
かやっちょる《倒れている》隣ん婆ちゃん
爆風にやられち　おじい《祖父》の耳は聴こえんじゃった
無傷のうちは　こん齢まで生き延びちきたけんど

ふり向いち見ると　そん後ろは
煤けた炎の道ん何処まででん続いちょっち
忘れんじ《わすれないで》おくれ　忘れんじおくれ　ち
せちい《辛い》姿ん　むげねぇ《哀れな》人影ぃなっち飛んじ《走って》くるんよ
あん日からのうならかすもん《喪う物》は　もうなんもねい《何も無い》
消えちしもうた故郷は戻らん　人は帰らん
何年経ってん
うちん戦後は終わりゃぁせん
うちん二十世紀は終わらんのじゃよ

Ⅱ

無刻塔

おふじ　俺はお前を
まっこと《本当に》好いちょったんぞ
お前を嫁ごに欲しいち　家主に仲立ち頼うで
珊瑚の簪　べっ甲の櫛　金細工ん帯止め
俺ん全財産を　お前にくれちゃったに
待ってん待ってん　知らん顔したお前
働き者で　ええらしい《可愛い》ち
とうてん評判じゃったけんど
ほんなこつは《本当は》　しねくされ《根性腐れ》じゃなかろうかぁち
うっしい《美しい》顔しちょるけんど鬼じゃぁち

諦めろうち思うてん
どうしてん忘れることんでけん《出来ない》のじゃ
ほんなら《それなら》いっそ　おふじと死のう　ち
西蓮寺の脇ん曲がり角ん所じ待伏せしちょったんじゃ
たまがっ《驚嘆して》ち逃ぐるお前をむがむと《無我無中》う追いかけち
櫟林ん中ん　こんまい《細い》道端ん　生い茂った叢さい
どどっち縺れ込うじ　俺の腕ん中さい倒れちきち
お前は　もう　とっと息しちょらんじゃった
掌い《に》ぬりい《温い》血の滴り　恐ろしゅうち　震えのきち
俺は死にきらじゃった　こげえ好い《こんなに好きなのに》ちょるに
ああ　どげ《どう》しょうか　どげしょうか

おかさん《母》に早う死なれち
酒飲みじゃったおとさん《父》は中風で片麻痺

いもと《妹》おとと《弟》が育ち上がるまんで
嫁ごにも行かれんち
うち《私》は田に出ち働くよりほうは《仕方が》なかったんじゃ
若けぇおとこし《男性》が　うちを好いちくれちょるなんち
夢にも知らじゃった
眼腐れん家主から　むとう《無体》なこと言われち
迫られはしたけんど
うちは手拭い一本さい貰うちゃおらん
贈り物はこしきい《狭い》家主がいれくった《誤魔化した》んじゃ
黙っちょってん通じんに　物なんち何も要らんに
うちんことを好いちょるち
なし《何故》言うちくれじゃったんな
男ん値打ち測る物差しは　おなごん《女の》胸ひとつ
うちは長らえち　おとこし《男性》と祝言挙げたかったに
道端いなんぼ《何程》花束供えちくれてん

生き返りはせんのじゃ
うちは何千年でん　石ぃなっち佇っちょっち《たっていて》
ずつねえ《情けない》　ずつねえ　恨み節歌うんじゃ
ほうれ　風の果てからん啜り泣きん笛じゃよ

参考　大分県朝地史談会編『あさじ昔ばなし』

普通の生活

日本全国民百人のうち
八十何人もん衆《人たち》が
中流のいのちきしちょる《生活をしている》なんち
うち《私》には　とっとげせんのじゃけんど《まるで理解できないのだけど》
ほんな《本当の》ことじゃろうか

自動車買い替えち
電化製品さい囲まれち
羽毛布団引っ被っち寝ちょるに
心持ちんさぶいんは《寒ぃのは》

なし《何故》じゃろうか

テレビん中ん人間とじょう《だけ》付き合うち
知り合いんごたる気色いなっち
隣とも向かいとも物言わんで済む
機械相手に買い物すりゃあ《すれば》
箱ん中から愛想よう挨拶しちくれち
返事せんでん《しなくても》腹かきもせん《はらを立てもしない》

子供たちは田舎はすうかんち《嫌いだからと》
出て行ったきり　いにはせん《帰ってはこない》
町内じゃわけい衆《若者たち》は見られんごとなっち
赤子ん産声なんど何年聞かんじゃろうか
毎年　いくたり《幾人》かの葬式出すんが
とっとん《大層な》祭りじゃ

たまにゃ息子ん声でん聞いちみろうち
番号ボタン間違わんごと掛けちゃったに
只今電話が留守を預かっちょるんじゃと
ほんにもう　すもつくれん《つまらない》
うちはきにょう《昨日》死にましたきい《ので》
安心しちょくれ　ち
どうくっちゃった《ふざけてやった》んじゃ
あらまぁ　めんどらしいこつ《はずかしいこと》！

誓いの休暇

この先ん五十年
地球上のおなご《女》が
誰一人として赤子産むんを罷《や》めたら
どげぇなるち思うな

たったの十年でんええ
おなごが一人も子供を産まんじゃったら
とうてん《大層》値打ちもんじゃよ

男女雇用機会均等法じゃぁち

おなごが男と同じ仕事するごとなっち
男んごたるおなごになってん
婦人を女性ち呼び代えられてん
おなごのいのちき《生活》は
せちい《辛い》ことん　いみる《増える》ばっかしじゃ

芽吹かん種
花咲かん蕾
かいわれん《孵化しない》卵
待つもん《者》のねえ《無い》暮らし

痺りを切らしち
おとこ《男性》衆が赤子を産みきるんじゃろうか
いいえなこと
コンピューターに頼むんじゃねぇかいのう

現代が氷河期なんち
わけい《若い》おなご衆《女たち》に　つべてい《冷たい》世の中なら
どうでんこうでん《どんなことがあっても》　おなごん《女性の》仕事ほたっち《捨てて》
どげぇ頼まれてん
赤子産むんを罷《や》めるこっちゃなぁ

眠る魚

魚も夢ぇ見るんじゃろうか

大分県佐賀ノ関ん沖で一本釣りされた鯖は
関サバち言われち
身のコリコリした美味《うま》さは
地元ん活き造りでしか味合われんのじゃ

この関サバん　ばされー《ものすごい》味を関西や関東で
食べてぇ　食べさせてやりてぇち
いんにゃ《いいえ》　高級魚にしち高値で売りてぇち

げさきぃ《下品な》こと言うんは人間の夢じゃ

魚にもツボがあるんじゃあち《あるのだそうな》
そんツボさい針打っち　麻酔かけち
眠っちょるなかま《間》に遠方まで運ぶんじゃぁち

豊予海峡の魚は　速ええ《はやい》流れさい鍛えられち
泳ぎは達者なはずじゃに
なし《何故》油断しちょったんじゃろうか
水槽ん中さい生け捕られち　眠らされち
見知らん町方の　俎ん上で目覚めてん
もうとっと　遅いんじゃ

瀬戸の大海原越えち

島ん娘に逢いに行く夢なんか見ちょっち
知らんなか《間》まに高級ブランド魚にさせられち
グルメん舌先ぃ幻の味となっち消ゆるんは
関サバん不覚の涙じゃ

猫の行く末

いつのなかま《間》にか老人がいみっち《増加して》
この町内じゃ子供ん声ん聞かれん
わけぇ衆《若い人》は　まちば《都会》さい《にい》去んじ戻らん

近所付き合いは病気見舞いに不祝儀ばっかし
家は古うなっち
屋根塗り替えたり　樋掛け替えたり
なんかなし《とにかく》賑やかしゅうに小普請つづきじゃ

筋向かえは門脇と玄関崩しち
景気のええ音ん響いちきたんじゃけんど

主人が旅立ちんしこ《支度》拵えよるんじゃと
玄関の廊下ん幅拡げち　真っ直ぐいしちょかんと
棺桶ん出きらん《でられない》のじゃそうな

立派にでけ《出来》あがった玄関じ
飼い猫ん光圀《みつくに》は　つくねんと《ぼんやりと》日向ぼっこ
年寄りふたぁりじ《二人で》　塵一つ見えんごと掃除しち
いつでん出ち行かれるんじゃと

そんうち　違わん《きっと》
きんきらきんの　しゃびしい《淋しぃ》車ん迎えにくるんじゃ
子のねえ《無ぃ》夫婦の後先は知らんけんど
ひょっとして残されたら
猫いっぴき
どげぇか《何とか》するんじゃろうかいなあ

どこ吹く風

家内中《やうち》で
いっち《一番》電話が最優先になったんは
いつん頃からじゃろうか

砂漠さい別荘地買わんな
海外旅行　よだっちみんかぇ《思い立ってみないか》
肌着についてんアンケートに答えちくりぃ
長寿健康食品は要らんな
布団の丸洗い　絨緞のクリーニング
エステサロンのばされぇ《もの凄い》割引サービス

名水の宅配便しますきぃ

諭吉つぁんは達者にしちょるかぇ　ち
見も知らん相手から　しちくじゅうに《くどくどしく》
奥サマ　ち呼びかけられち
洗いかけん茶わん
書きかけん手紙
ご膳《食事》どきん箸置いち
昼寝ん夢　揺さぶり起こされち
なし《何故》受話器取らにゃでけん《出来ない》のじゃろうか

死ヌルマンデ居留守ツコウチョリマスキィ
ゴ用ノシィ《人》ハトットン《最後の》メッセージ言ウチョクレ　ち

最新式ん電話機さいたのうじ《頼んで》

うちん《私の》代わりしち《為て》貰うことぃなったんじゃよ
なぁ　みんな《皆様方》　どっとん《どんどん》うちに電話かけちょくれ
たま《偶》にゃ　あっちどり《あの世側》からん《からの》
懐かしい声も待っちょりますきぃなぁ

供え物

もしもーし　なぁ　お姉《ね》ちゃん
ジュリーの四十九日によばれ《招かれ》ちょるけんど
お供えもん《物》は何がよかろうかぃなぁち
ご仏前ち言うわけにもいかんじゃろうし
どげ《如何》しょうかぁち　思案しちょるんよ

葬式ん時は　どげしたんね

あん時は急じゃったきぃ
ちぃっ《少し》と包んでお香典を持っち行ったんよ

そしたらまぁ盛大なことじ《で》
団地ん衆《人たち》やら散歩仲間やら寄っちきち
弔いん終ったら　皆で酒盛りじゃ
初めんうちは神妙なふう《様子》じゃったけんど
酔いの回っちきたら　そりゃもう大賑わい
カラオケのマイク離さん年寄りんおっち
歌はへた《下手》ごろ《くそ》じゃに　自己陶酔しちょるんよ

あんたも歌うたんね

いいえなこと　うちは歌わんじゃった
ジュリーの愛らしい写真のかだっち《飾って》あっち
なんかこう胸ん詰まっち　切なかったんよ
ジュリーの祭壇には好物ん鶏の空揚げん
しこたま上がっちょっち

それがビールのおつまみにええ按配じゃった
ジュリーは口の肥えちょっち
ケンタッキーの揚げたてに限っちょったんと

ほんなら　それを持っちお行き

ほんにそうじゃ　そうしゆう《しょう》　大皿に盛っち
ラッピングしち　真っ白いリボン掛けち
そうすりゃ　あとはチンして酒ん肴じゃ
なぁ　お姉ちゃんも来《こ》んな　歌んうめぇ《上手》じゃろう《でしょう》が
「ＴＯＫＩＯ」じゃの「ボギー」じゃの
歌うちおくれりゃ　ジュリーも喜ぶっちゃ

おちょくらんどいて《からかわないで》　うちはせわしい《忙しい》んよ

よう働くなぁ　店のあるお姉ちゃんに比べ
うちは三食昼寝付き　体重と暇だけは有っち
夕方のウォーキングでジュリーと知り合《お》うち
二年半の付き合いじゃった
なぁ　大きな声じゃ言われんけんど
早死にしたんは可愛がり過ぎじゃち思うんよ
冬は毛皮のチョッキ　夏は日除けの帽子
缶詰んじょう《丈》食べち　掛かり付けの病院に美容院
シャンプーしたり　足湯の道具もあったんよ
血統書付きじゃぁち聞いちょったけんど
あれじゃぁなぁ　犬の自由と面目は丸潰れじゃ
ほんなこつは《本当は》　むげねえ《可哀そうな》ことしたんじゃなかろうか
まぁ　よそん《他家の》犬んこっちゃけんど
ほんなら有難うね　今から　ちょいと行っちくるわ

あんたなぁ　ジュリーもええけんど
来年はお母《か》さんの十三回忌じゃよ
お供えもんのこと忘れんごとしちょっちおくれ

うち《私》と玉三郎

老々介護んすえ　亭主に死なれち
軽うなったんか　重とうなったんか
なんち《何とも》言われん　しゃびしい《淋しい》いのちきぃ《生活に》なっち
ぼやっと一日ん過ぎち往きますんじゃ

何のけ《気》なし　縁先ぃ眺めちょりましたら
庭石んねきぃ《側に》　ひょいと白黒ん猫のおっち
うちん方をじぃっと見ちょるんですわ
痩せちょっち目のきょろんとした
物言いたげなふう《様子》しちょっち

何処ん猫じゃろうか　ち思うちょりました

そん猫が毎日来るごとなっち
あんた何処んモン《猫》ね　ち聞いてん返事はせん
とうてん《大変に》ええらしゅう《可愛らしく》思われち
炒り子やら牛乳やら　ちぃっと遣りましたら
居つかれちしもうたんですわ

けんど　うちはもうこん齢ですきぃ
犬やら猫やら飼うちゃならんち決心しちょります
どげしようかぁ　ち考えち
そん迷い猫をリュックさい入れち　かろう《背負う》ち
桧原公園の桜ん木ん下さい置いち
ええし《良い人》に拾うち貰うんじゃよ　ち言い聞かせち
うちはバスぃ乗っち　いに《帰り》ましたんじゃ

そしたらまあ　たまがりま《吃驚し》した
うちより先ぃ玄関さい戻っちきちょっち
しれぇっとしち《知らん顔して》　うちんこと待っちょるんです
そげ《そんなに》此処がええんなら何か縁のあるんじゃろうち
うち《私》とこん《のところの》モン《猫》にしちゃろうち
うちは　腹を括ろうち決めましたんじゃ

けんど　ほんに手間ヒマに金ん掛かるごとなっち
あれから　もう三年　毎年んごと
風邪引いち医者通いはせんならんし
男ん仔ですきぃ避妊手術受けさせたり
去年は腎臓病患うちからに　入院まんでさせち
保険にかたっちょらん《加わっていない》もんですきぃ
うちより何ぼか金ん掛かりますんじゃ

うちん保険の使われるなら
どげ良かろうかぁ　ち言いましたら
お医者ん先生は笑うちおいでですけんど
今年は患わんごと　さかしいに《健やかに》しちょいち貰わにゃ
猫んお陰じ高齢者貧困になろうごたるとです
ほんに《本当に》ずつねい《情けない》こつぃ《事に》なっちきました

こん仔の名は　三代目の猫ん玉三郎
なかなかんイケメンじゃぁち思うちょります

時代遅れ

病院の帰り道　ええ天気じゃったきぃ《だったので》
街さい行っちみろうち思い立っち
久しぶりぃ昼下がりん地下鉄ぃ乗ったんじゃ

病院前からは　ガランとしちょったけんど
次の大学前からは学校のひけ《退》た大学生たち《達》ん《が》
大けな《沢山な》こと乗っちきち
とっと《すぐに》満席になっちしもうたんじゃ

若けぇ男衆やら　おなご衆やら

活きいきと青い匂いのしち
青春じゃなぁち　眩しゅう思いながら
こん人《し》達は今どげぇな話をするんじゃろうかぁち
うちは聞き耳を立てちょったんよ

ところが何と　地下鉄の音はするけんど
車内はシンと静まっちょっち
誰ぁれん声も聴こえちこんのじゃ
どん子もこん子も　みーんな
手元の小さな薄い箱さい見入っちょっち夢中じゃ

たまがったうちは悪りぃとは思うたけんど
直ぐ横ん男衆の小箱ば覗いて見たら
アニメち言うんじゃろうか　漫画のごたる
画面の動いち　そん子はイヤホンしちょっち

横ん婆の　うちんこたぁ気にならんふう《様子》じゃった
そん隣のおなごん子の小箱の中じゃ洋服の宣伝らしい
ファッションショーのごたる《ような》光景じゃった

うちには魔法の小箱に見えるけんど
あれはスマホちいう万能電話なんじゃそうな
お陰で　うちも退屈せんで天神に着いたんじゃけんど
これからん世の中
あげに物言わん人ん丈になっちしもうたら
ひとん《他人の》考え方ん解からん　言葉の通じ合わん
気味の悪りぃ世界になるんじゃなかろうか
うちはそん頃は　もう居らんのじゃきぃ
どげでんええけんど

新天町の昔からん文具店じ《で》

うちはいつもの便箋と封筒を仕入れち安堵したんじゃ
けんど　手紙はもう旧《ふる》うなっち　書く人ん減っち
「種類が少のうなりました」ち店員さんに云われち
うちは思いきってめいっぱい《可能なかぎり》買うちきたんじゃ

いつまで生きちょるか分からんトシじゃに
遺ってん貰い手もねぇもん《無い物》をばされぇ《凄く沢山》買うち
欲深いこつ《事》をしてしもうち　ほんにうちは
死ぬるまんでアンポンタン《ばかもの》なんじゃろうなぁ

うしろ姿

とき偶に墓参りすると
うち《私》はおかぁさま《姑》に謝ることばっかり
今なら年寄りん気持ちの良ぅ解っち
やしゃしゅう《優しく》出来るち思うんじゃけんど
あの頃はとんぎった《尖がった》嫁ごで
心のどっか《何処》で作りたてたり諂《へつら》うたり
うちは素顔を見せちょらんじゃった
ほんに《本当》　すまんことでごだいました　ち

ちぃっと肩の荷おろしての帰りんバス
斜め向かいの席に若けぃおなごん《女の》子の乗っちょっち

卵つん剥いたような素顔のええ《愛》らしい娘じゃ

やがんち　そん娘《こ》は
膝ん上のハンドバッグ開いち
大けな手鏡を出しち覗き始めたんじゃ
いっとき我が顔を眺め入っちから
あとはもう　塗るわ　ぬるわ
次から次んぎに道具を出しち
頬紅叩いち　三日月んごたる眉描いち
蒼黒いアイシャドウ入れたら
こんまい《小さい》ペンチみたようなもん《物》で睫毛を引っ張っち
くるっと曲げち墨を塗っち目ぱちくりじゃ
仕上げは口紅
これが又あんれこれ迷うち
やっと決まったんが赤じゃねい《無ぃ》んよ

気色んわ《悪》りい焦げ茶の唇に銀色のコーティング
穴んほげる《開く》ごと鏡に見入っち出来上がりじゃった
顔がでけ《出来》たら次は手のお洒落じゃ
爪を尖《とんぎ》るごと磨きたてちマニキュアの始まり
あの色この色　塗ったり消したり
ティッシュを山こ積みほど使うち
ああしい　こうしい
指先は五色の花咲かせち色とりどりじゃ

シュッシュッち　香料か無香料か
茶髪の頭んてっぺんから吹っかけち
えんやっと終わるまんで丁度二時間
とっとん《大変に》おっぺゃん《不美人》になっちしもうち
終点の博多に着いたんじゃ

バスん中で化粧してん
誰に迷惑かけるわけじゃなし
よいとやら《酔っ払い》煙草飲みの　くうせい《臭い》男衆《おとこたち》より
何ぼか《どれほどか》マシ《いい》　ち言うらしいけんど
あげぇに　しこしらえち《お洒落をして》
あん娘は誰に逢いに行くんじゃろうか
ひょろな《細い》わけい《若い》衆《男性》か　分限者のおいさんか

うちん目には化粧前の素顔ん方が
何ぼかマシ　ち見えたんじゃけんど
そげんこげん《そんなこんな》に気の付くんは
年寄っち　あっち側《どり》ん近うなっちからじゃ
人間なんち
おろいい《粗末な》むげねい《可哀想な》生きものじゃよなぁ
ずつねい《情けない》こっちゃのう

口養生

そげに長生きするには
どげしたらええんじゃち
尋《た》んねられると
三つん口養生じゃち
お父《とう》は気やすうに言う

腹八分に食うち飲んじ
他人には言い過ぎんごと
あとは笑うちょれば
天から載《の》さるんじゃ

ハッハッハッ　ち

歯の一本も無《ね》え
口ん中から
お天道さまには
お父の腹ん底まで
丸見えじゃ

初出一覧

Ⅰ

生還したけんど　徳島県国民文化祭実行委員会会長賞（二〇〇七年）
一人ひとりの私たち　「読売新聞」（二〇〇一年一月五日）
夢のあとさき　「読売新聞」（二〇〇〇年七月二二日）
二十一世紀の紐　『生活語二七六人集』（二〇〇八年）
葭の髄から　「えん」第7号（一九九六年）
花のいのち　「えん」第9号（一九九七年）
おきみやげ　「詩と思想」（二〇〇七年九月号?・）
物忘れ　「えん」第4号（一九九四年）
立錐の余地　「えん」第3号（一九九四年）
火炎忌　「ＰＯ」１１３号（二〇〇三年）

Ⅱ

無刻塔	「えん」第10号（一九九八年）／『アンソロジー風Ⅶ』優秀賞（二〇〇二年）
普通の生活	「えん」第2号（一九九三年）
誓いの休暇	「えん」第8号（一九九六年）
眠る魚	「西日本新聞」（二〇〇二年一月二八日）
猫の行く末	「えん」第6号（一九九五年）
どこ吹く風	「えん」第5号（一九九五年）
供え物	『現代生活語詩集二〇一四　昨日・今日・明日』
うちと玉三郎	『現代生活語詩集二〇一六　喜・怒・哀・楽』
時代遅れ	『現代生活語詩集二〇一八　老・若・男・女』
うしろ姿	国民文化祭山口県実行委員会会長賞（二〇〇六年）
口養生	「産経新聞」（一九九二年五月二一日）

あとがき

もしも夫が生きていたら九十歳、亡くなって八年になる。はは（姑）は一二五歳！　もう四十年になる。縁の薄かった早世の両親、幼い私を育ててくれた祖父母や叔父や伯母たち、皆あちら側へ逝ってしまった。逢いたいと、しみじみ思うときがある。

あの世という処が在るのか無いのか？　あまり信じてはいない私だが、あちら側の何処かでひょっとして会えたとしても、老婆になった私に気づく人たちが何人いるのだろうか？　など埒もないことを思い巡らせたりするこの頃。

とりわけ、ははを思い出すときには、豊後訛り（大分弁）のその声が蘇ってきて、薄幸の生涯だったははにもっと優しくすれば良かったと、後悔してもどうにもならないのだけれど、ははの濃厚な豊後訛りを真似てみることで少しは、ははへの供養にならないかしら？　と勝手に自分を慰めていたりする。「ずつねぇこっちゃ」「せちぃことんじょう」「すもつくれんいのちきじゃ」「むげねぇこつ」などと呟いてみると、どの言葉もあまり好いイメージではないのだが、泣き笑いしたくなるような面白さもあるように思われる。

ははから毎日聞かされて憶えていたつもりの方言だが、私は話すことができない。ははの豊後訛りは私にとっては書き言葉でしかない。以前に出した二冊の方言詩集『巡礼』と『満酌』は、ははの話をヒントや下敷きにしたものばかりだったが、このたびの『無刻塔』は、すべて私の想いや体験、見聞したことからの創作である。
いつの間にか、ははと同じような老婆になってしまった私だが、読み返してみるとやはり、ははによく似た淋しい老女の姿があるようで少し嬉しくまた哀しくもある。諸々の事情があって法事などの供養のできないお詫びにと、方言詩集を思い立った。

年中病気がちで入退院を繰り返す私を、いつも近くに居て助けてくれる詩友「ハテナの会」の仲間の皆さん、関東や関西から電話や手紙で励ましてくれる友人や同人たち、いろいろと本当にありがとうございます。
竹林館の左子真由美さんには、ご多忙の中を面倒なあれこれを聞いていただき、たいへんお世話になりました。尾崎まことさんからは、思いがけなく帯文のご厚情を頂戴いたしました。心から感謝申しあげます。

二〇一八年一〇月四日
門田照子

門田 照子（かどた てるこ）

1935 年　福岡市に生まれる
1979 年　方言詩集『巡礼』（梓書院）第十回福岡市文学賞奨励賞
1989 年　詩集『アレルギー前線』（花神社）
1992 年　方言詩集『満酌』（本多企画）
1995 年　詩集『過去からの返信』（本多企画）
1996 年　詩集『抱擁』（書肆青樹社）第三十三回福岡県詩人賞
2001 年　自作詩朗読・方言詩集『巡礼』ＣＤ化
2004 年　詩集『桜桃と夕日』（書肆青樹社）第五回現代詩・平和賞
2007 年　詩集『終わりのない夏』（土曜美術社出版販売）
2009 年　『門田照子詩集』〈新・日本現代詩文庫 58〉（土曜美術社出版販売）
2012 年　エッセイ集『ローランサンの橋』（コールサック社）
2014 年　詩集『ロスタイム』（土曜美術社出版販売）第四十五回福岡市文学賞
2018 年　福岡県詩人会第三十三回先達詩人顕彰を受ける

詩誌「東京四季」「花筏」同人
福岡県詩人会・日本詩人クラブ・日本現代詩人会・日本文藝家協会・
福岡県文化連盟各会員・日本現代詩歌文学館評議員

現住所　〒 814-0111　福岡市城南区茶山 1-6-1-306

方言詩集　**無刻塔**

2018 年 11 月 9 日　第 1 刷発行
著　者　門田照子
発行人　左子真由美
発行所　㈱ 竹林館
〒 530-0044 大阪市北区東天満 2-9-4 千代田ビル東館 7 階 FG
Tel　06-4801-6111　Fax　06-4801-6112
郵便振替　00980-9-44593
URL http://www.chikurinkan.co.jp
印刷・製本　モリモト印刷株式会社
〒 162-0813 東京都新宿区東五軒町 3-19

ISBN978-4-86000-391-3　C0092